貓咪
可不可以去上班

妙卡卡・著

目錄

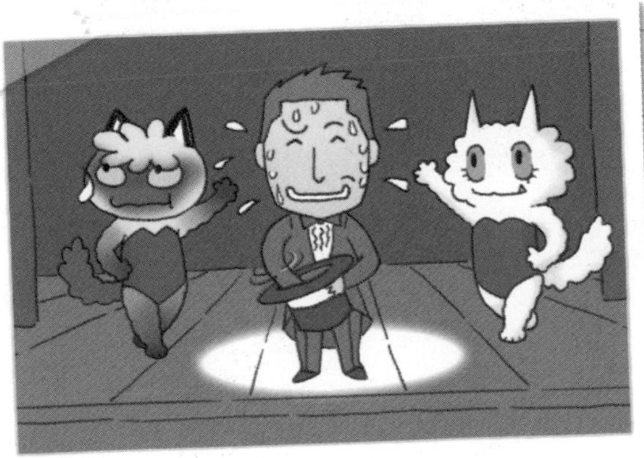

如果貓咪能幫忙上班養家，那該有多好～

推薦序一香港潮貓Mocha、Tiger、Momo與三貓媽媽聯名推薦
（三貓blog blog齋　http://hk.myblog.yahoo.com/catz-world）

又要加班了……

媽媽老要貓員工加班,我不要當媽媽的助理了!

但是不當媽媽助手還有什麼工作可以做呢?啊!有了!

媽媽,快點買本妙卡卡的《**貓咪可不可以去上班**》啦!

我一定可以從書中找到好點子的!

「**如**果貓咪可以上班?那一種工作最適合壞脾氣的Momo、傻氣的Tiger和愛搗蛋的Mocha?」

三貓媽媽每天上班前,望著仍在床上呼呼大睡的三頭愛貓,都有著同樣的問題。

貓奴界鬼才妙卡卡以天馬行空的創意、搭配生動活潑的畫功,將在職貓咪的爆笑情景活現眼前,例如捕捉laser-pointer紅點的上班一族、以肉球治療法醫治病人的心理醫生、偷懶的貓老師等,無論你從事的是那種職業,每一篇都保證令你捧腹大笑。

不過,在看過貓咪上班的搗蛋和胡鬧相後,我想眾貓奴們應該都不會再癡心妄想了,畢竟乖乖早起,舟車勞頓地上班,然後再把每月辛辛苦苦用血汗、時間、精神、青春賺回的錢,買貓糧、貓玩具、貓砂等獻給貓主子還是比較實在啊!

6

貓咪的尊貴，無庸置疑
貓咪的慵懶，舉世皆知
但是
這樣的貓咪有一天居然說
「喵～我決定去上班賺錢！」
這……到底是為了什麼呢？

除了王子，其他工作都不適合我！

卡王子友情客串

攏是為了消費券啦！

> 聽說要發消費券了耶
>
> 那買個豪華貓跳台好了

> 買衣服也不錯活了大半輩子沒穿過衣服說……
>
> 我要買青蛙裝！

> 消費券發放對象不包括貓咪喔……

咭咪

> 抗議　　抗議　　抗議
>
> **人貓平等**
>
> 我們也要消費券！

> 不給消費券就自己賺！貓咪們，咱們上班去吧！

> 不是「不給糖，就搗蛋」嗎？

妹頭友情客串

貓老闆

再讓我聽到一次
就讓你們**加班**加**到天亮**。

說到做到！

業務員

要不是想和你談生意的話，
　　　　我就只聞你的屁股而已了。

上班族之開會

光點晃啊晃的，哪忍的住**不玩**開會那麼無聊，玩一玩才不會**打瞌睡**啊。

上班族之裝病

吐毛球這招用完了，
下次只剩吐飼料和口吐白沫可以用了。

內衣模特兒

其實我連**A罩杯**都沒有，
　平常都**不用穿**，省了一**筆錢**呢。

心理醫師

我沒有食慾,不想工作也不想玩,很沒有精神一直很沮喪……

嗯 我瞭解了

①

妳看,這小肉球是不是很可愛

伸

嗯

②

摸摸看吧

搓

摸

呵呵 好可愛喔

③

妳沒事了 拜拜～

我心情變好了

謝謝你 貓醫生

④

不用開藥、立即見效。

鬱卒記得來找我喔～

汽車銷售員

冬天，躺在引擎蓋上，曬太陽。

這款幸福

一般家貓是**不能瞭解**的啊……

足球員＆裁判

這麼離譜的犯規你還不吹！？
有沒有搞錯啊！

什麼！～～
我撲

他用前「腳」把球抄走哪裡有問題？
你再鬼叫鬼叫就讓你吃紅牌
啥

有空抱怨，

那就表示你沒**全力以赴**。

兒童牙醫

啊就光線亮瞳孔會變小，
有什麼好怕的？
不然我以後戴墨鏡好了。

我有「再三」確認，
口味**絕對OK**的啦！

果農

上天為什麼**忘了**給我們
　　往下爬的能力呢？

保險業務員

那 位 先 生，
不要在那邊**吃醋**好嗎？

室內設計師

將來我有錢了，
我一定要把家裏裝潢成這樣！

都怪我家的貓奴
老是忘記幫我**剪指甲**啦……

美甲師

你看，
我們的收起來就**剛剛好**的說。

38

計程車司機

晚上我不但看的清楚，
　　眼睛也變的又大又漂亮喔！

其實不管
　貴的、便宜的、真皮、布的
　每一種沙發我都喜歡抓～

海關關員

看到箱子就**情不自禁**的
　　　　想塞進去耶……

高樓清潔員

ㄞˇ～呀，怕東怕西的話
什麼事都**做不成**的啦～

救生员

切記不可**空腹下水**，
下水前也要做**熱身**，
而我一定要把丟泳圈**練得更準**！

教師

午休時間實在太短了
　人家平常
　　都睡到下午四點才起來的說

呵
欠

蛋糕師傅

不用再想念巧克力了
鮭魚、鯖魚、鮪魚新口味蛋糕
正在開發中，敬請期待！

註 巧克力對貓咪來說是毒物，
不要隨便餵我們喔！

陶藝大師

貓大師陶藝展 —貓爪系列—

時間：98 年 5/18 ~ 5/24
地點：宜蘭縣立文化中心 第九展覽室
茶會：98 年 5 月 18 日下午 3:30

之前的貓手印系列
也大受好評呢

呵呵

創意市集攤販

梳毛編毛衣，毛就**不會打結**，
一舉兩得呢。
不過，我的毛好像越來越**稀疏**了。

都是些**不懂藝術的俗人**！
你們來太陽下**趴四個小時**不動
試試看啊～

我只是不想靠近
　　亂叫又會流口水的東西。
　　　　　我沒有怕狗喔。

瑜珈老師

今天我們要來做「貓休息式」

首先，雙手交叉在胸前，然後兩腳彎曲儘量靠近胸口，接下來把身體捲起來，捲到頭可以碰到屁股最好。

記得要保持呼吸喔

？

呃……

喔……

老師……我們……做……不到……

妳們又不是老人，
　　怎麼身體那麼僵硬？

電器行老闆

還有還有！
那個電腦的液晶螢幕
一樣可惡！！

 螢幕那麼薄，是要叫人家怎麼睡？

訓犬師

「發號施令」和「接受命令」
我當然適合前者啊。

漫畫家

你說什麼？貓和狗一個樣？！
狗是陪人玩，
　　我們是自己玩，OK～

漁夫

不只烏賊，
蕃茄、茄子我們也不能吃喔。

 註　東西的價值取決於能不能吃！
嗯……說的真是太好了！

銀行行員

唉，真是太**浪費**我的**才能**了，我很會**捉老鼠**的說。

徵信業者

跟蹤無聲無息，OK!

輕鬆穿越障礙，OK!

黑暗中監看也完全 OK!

「抓猴」請找貓咪徵信

電話：024999***

一定抓到

死鬼！這次一定要逮到你！

可是我老婆她**情夫超多**的啦⋯⋯

我們可不是只會裝酷喔～

抓蟑螂、抓壁虎、抓老鼠

我們一樣在行！

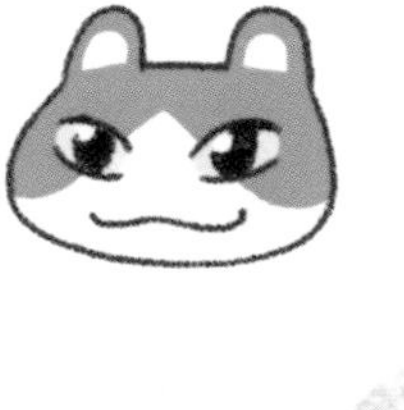

衛生所人員

各位同學，今天衛生所的貓小姐來教大家預防腸病毒的方法。

預防腸病毒就是要勤洗手，我來示範一下喔。

洗的時候要仔細，每根指頭都要洗到

臉也可以順便洗一洗

舔 舔 舔 舔

像這樣就可以洗的一乾二淨了～

是吃的一乾二淨吧……

小朋友再見。

下次我再來教你們**用舌頭洗身體**喔。

調酒師

給我又烈又特別的酒!!

好的

……那個臭女人

先生,您的特製烈酒

乾啦

嗝

你在裡面加了什麼鬼啊?!?

木天蓼。很讚吧~

我平常都**直接吃**，

馬上就可以**醉茫茫**，

而且隔天也**不會宿醉**喔～

黃蜂人

哎呀，能在無聊的工作中找到樂趣，
不是**很不錯嗎**？

導遊

奇怪？之前帶了十樂團，
貓咪們都很高興啊，
人類**真難搞**……

寵物用品店店員

什麼、罐頭很貴！
我只關心好不好吃，多少錢就不管了。

警察

虐待犯人？沒有啊～

他跑步我也跑步，**健康又快樂～**

鐵板燒廚師

這可是拿我最愛的罐頭來當食材耶，
你不想吃給我吃！

魔術師

我只是含著玩而已，
毛毛的一點也**不好吃**。

你，好嗎？

妙大仗義

基米，妙大說
消費券要分我們用耶

真的嗎！

我很大方吧

我要買一堆衛生紙來揉小白球～

小白球我最愛

爛點子

蠢

我要買～
一大堆飼料來
泡飼料浴

太浪費了！

這樣比較好吃嗎

應該要買兩種口味
來輪流泡比較好吧...

有道理

還不是
一樣浪費！！

我覺得我這點子很好啊！妙大幹嘛生氣？
喔～一定是因為<u>那個</u>吧！

欲知詳情，請看下頁

阿襪友情客串

後記之 六貓的黑暗時代

簡單來說，我這長工的服務對象，從貓咪換到了會爬會走的阿寶(我兒子) 身上。現在和貓相處的時光只剩放飯挖沙的時候了(不過，他們之前整天也只有在睡覺)

> 妹頭最近如何啊

> 不能更糟了

由於我和妙妻的家事能力都很低，在貓還能隨處活動時，客廳是很髒亂的，我們是無所謂，但是阿寶在地上滾把地上的東西往嘴裡塞就不能接受了。

所以，阿寶被關在房裡很長一段時間。

> 沒有人這樣養小孩的啦！

妙媽

為了讓阿寶學爬學走，無奈只好把貓的空間縮減到剩一個房間和陽台。妙妻是很常放貓到客廳來啦，但是貓似乎本能的知道阿寶是危險的……

當然也是有貓願意試著去相信阿寶啦，但是……

我看，要讓阿寶懂得善待貓咪，還有得等呢……

也因為阿寶每一秒都需要人盯著（小孩怎麼那麼難養、貓多好照顧啊）所以我根本沒時間畫圖，這也直接促成這本書的誕生，因為這系列是事先想好主題，再利用零碎時間完成，不用每天每天紀錄發生什麼事，但也是妙媽每個月來幫我帶幾天小孩，我才能如期畫完這本書。
（從南投到宜蘭喔）

　　　特別特別感謝妙媽～

也希望阿寶快快長大，讓貓咪能脫離苦海

已經變平頭的妙卡卡
2009. 6. 12

貓咪可不可以去上班

作　　者　妙卡卡（部落格「貓貓塗鴉」http://blog.yam.com/myukaka）
企畫主編　謝宜英
責任編輯　陳妍妏
校　　對　妙卡卡、陳妍妏
美術編輯　劉曜徵
封面設計　劉曜徵
總 編 輯　謝宜英
社　　長　陳穎青
出 版 者　貓頭鷹出版
發 行 人　涂玉雲
發　　行　英屬蓋曼群島商家庭傳媒股份有限公司城邦分公司
　　　　　104台北市民生東路二段141號2樓
　　　　　劃撥帳號：19863813；戶名：書虫股份有限公司
城邦讀書花園：www.cite.com.tw 購書服務信箱：service@readingclub.com.tw
購書服務專線：02-25007718～1（週一至週五上午09:30-12:00；下午13:30-17:00）
24小時傳真專線：02-25001990；25001991
香港發行所　城邦（香港）出版集團
　　　　　　電話：852-25086231／傳真：852-25789337
馬新發行所　城邦（馬新）出版集團
　　　　　　電話：603-90563833／傳真：603-90562833
印 製 廠　五洲彩色製版印刷股份有限公司
初　　版　2009年8月　　六刷　　2013年1月
定　　價　新台幣220元／港幣73元
ＩＳＢＮ　978-986-6651-80-9
有著作權・侵害必究
讀者意見信箱 owl@cph.com.tw
貓頭鷹知識網 www.owls.tw
歡迎上網訂購；大量團購請洽專線(02)2356-0933轉264

城邦讀書花園
www.cite.com.tw

國家圖書館出版品預行編目資料

貓咪可不可以去上班 / 妙卡卡著. -- 初版. --
　臺北市：貓頭鷹出版：家庭傳媒城邦分公司
發行, 2009.08
　　面；　公分
　ISBN 978-986-6651-80-9(平裝)

855　　　　　　　　　　　　　98011958